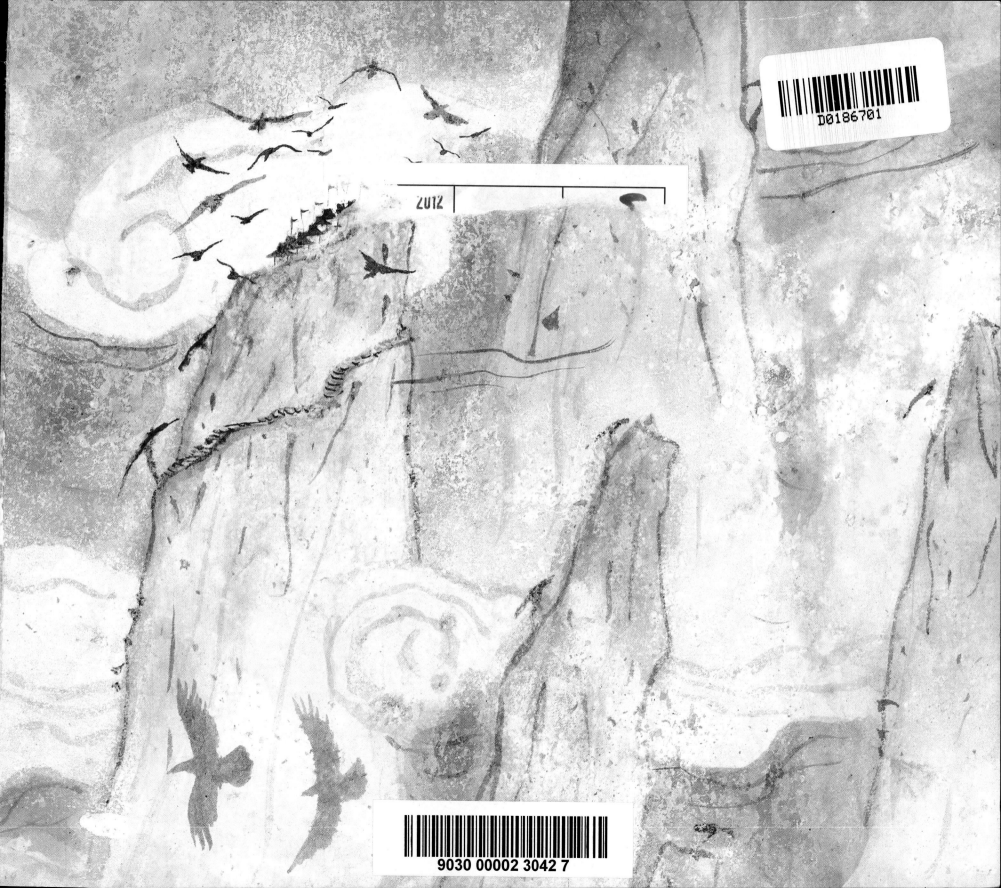

This edition published by Mantra Lingua Ltd,
Global House, 303 Ballards Lane, London N12 8NP, UK
www.mantralingua.com

O Rei Corvo

Um Conto Popular Coreano

The Crow King

A Korean Folk Story

by Lee Joo-Hye
Illustrated by Han Byung-Ho
Retold in English by Enebor Attard

Há muito, muito tempo, no país dos corvos, vivia um rei que governava
com tirania. Podia levar quem quisesse e ninguém o conseguia deter.
Certo dia, um homem e uma mulher regressavam a casa, quando apareceu
o Rei Corvo. Num voo rasante agarrou a mulher e depois voou para longe,
para os altos picos escarpados, onde nunca nenhum ser humano tinha estado.

A long time ago, in the land of the crows, there lived a king who ruled with terror.
He would take anyone he liked and no-one could stop him.
One day, a man and woman were going home when the Crow King came.
In one giant swoop he grabbed the woman and flew away to the steep and
lofty peaks where no human had ever been.

O homem jurou que ia encontrar a mulher, apesar de a terra ser escarpada e sombria e de ele mal poder ver por entre a neblina.

The man swore that he would find the woman even though the land was rough and gloomy, and he could barely see through the white mist.

Subiu cada vez mais e mais alto até encontrar uma cabana onde vivia uma eremita.
"Não continues o teu caminho!", avisou-o ela. "Já muitos tentaram o mesmo."
O homem disse-lhe que não estava assustado, porque o seu amor era verdadeiro.
"Jovem, vais precisar de muita coragem", disse-lhe a eremita. "Terás de abrir doze portas
 para a encontrar, e os corvos vão estar à tua espera atrás de cada porta, para te matarem!
Lembra-te, aconteça o que acontecer, também o mal tem o seu fim." Depois, foi à cabana
buscar uns bolinhos de arroz. "Toma, leva isto para poderes enganar os corvos."

He climbed higher and higher until he came to a hut where a hermit lived.
"Go no further," she warned. "Many have tried before you."
The man said he was not frightened, for his love was true.
"Young man, you will need courage to be strong," the hermit said. "Twelve doors must you
open to find her and at each door the crows watch, waiting to kill you! Remember, no
matter what happens, even evil has an end." Then, bringing some rice cakes from her hut,
she said, "Here, take these to trick the crows."

O vento soprava com mais força e chovia torrencialmente. Estava tão escuro que o homem pensava que o céu lhe tinha caído em cima da cabeça. Passo a passo, o homem foi subindo até encontrar a fortaleza com doze portas, com imensos corvos à volta - esvoaçando, debicando, grasnando, observando - observando este homem insensato que ignorava o perigo que o aguardava.

The winds blew wilder, the rain fell harder. It was so dark that the man thought the sky had fallen down. Step by step the man climbed until he saw the fortress of a dozen doors with crows everywhere - flying, pecking, screeching, watching - watching this foolish man ignore the danger ahead.

Ao abrir a primeira porta, o homem mostrou um bolinho de arroz aos corvos e atirou-o para longe. Os pássaros ignoraram-no e atiraram-se ao bolo enquanto o homem conseguiu passar rapidamente para a segunda porta. Fez o mesmo em todas as outras portas e os corvos ignoraram-no sempre.

At the first door the man showed the crows one rice cake and flung it far away.
The birds ignored him and rushed to the cake while the man quietly slipped through to the second door. He did this over and over again and each time the crows ignored him.

Quando abriu a décima segunda porta, o homem viu uma casa no meio de um lago.
Chamou pela mulher, que veio logo a correr e o abraçou cheia de felicidade.
"Despacha-te", disse-lhe ela, "porque o Rei Corvo deve estar aí a chegar."

Opening the twelfth door the man saw a house in the middle of a lake.
He called to the woman who rushed out and hugged him with joy.
"Hurry," she said, "the monster Crow King will be back very soon."

Dentro da casa havia uma enorme espada com um punho de dragão e um par de sapatos.
"Rápido", disse-lhe ela, "fica tu com isto, é tudo daquele monstro."
Mas a espada era demasiado pesada e os sapatos muito grandes.
A mulher encheu um jarro com água do lago e disse-lhe: "Bebe este tónico fortificante,
vai-te dar coragem!"

Inside was a huge sword with a dragon handle and a pair of shoes.
"Quick," she said, "these belong to the monster and you must take them."
But the sword was too heavy and the shoes were too big.
Filling a jug with water from the lake, the woman cried, "Drink this tonic,
it will give you courage."

O homem lembrou-se das palavras da eremita e bebeu aquele líquido tão amargo. De repente, sentiu-se crescer e ficou mais leve. Calçou os sapatos e os seus pés mexiam-se com agilidade. A espada era agora leve como uma cana de bambu e sentiu o espírito do dragão penetrar pelo coração.
Não tinha medo.

The man recalled what the hermit said and drank the bitter liquid. He could feel himself growing bigger and lighter. He put on the shoes and his feet danced and kicked with ease. The sword he lifted was as light as a bamboo branch and he felt the spirit of the dragon enter his heart.
He was not afraid.

Pouco depois, chegou o Rei Corvo, acompanhado dos seus seguidores, os corvos, que grasnavam e cuspiam.

They came a moment later. First the Crow King, then his follower crows, shrieking and spitting.

"E tu, pensas que me podes matar?", perguntou o Rei Corvo, com os olhos vermelhos de raiva. "És tão pequeno e fraco que nem mereces a minha preocupação." Virando-se para os seus seguidores, disse: "Corvos, matem-no!"

"So, you think you can kill me, do you?" said the Crow King, his eyes wild with anger. "You are too small and weak to bother with." Turning to his followers, he said, "Crows, kill him."

Os corvos guerreiros saltaram para o homem, que bramiu a sua espada com bravura.

The warrior crows hopped towards the man who swished his sword bravely.

E para espanto de todos, o homem lutou como um dragão,
matando-os sem piedade até que...

Then to their astonishment the man fought like a dragon,
killing them without mercy, until...

o Rei Corvo atacou-o com uma lança. O homem deu um salto para impedir o ataque.

the Crow King charged at him with a lance. The man leapt to block the charge.

O homem cortou primeiro o braço esquerdo do Rei Corvo, e depois o direito. Mas, para sua grande surpresa, voltaram a crescer imediatamente.

He cut off the Crow King's left arm, then his right arm. But to his amazement they grew back immediately.

"Então", bradou o Rei Corvo, "ainda achas que me consegues matar?"
O homem cortou-lhe uma asa, mas esta voltou a crescer.
A sua coragem começava a abandoná-lo.

"So," bellowed the Crow King, "do you still think you can kill me?"
The man chopped off a wing but when it grew back again his courage began to fade.

"His head," shouted the woman, quickly gathering a basket of ash. "No new head can be so evil."
And with a final swipe the man chopped off the Crow King's head. The other crows stopped
clawing, they stopped shrieking. For once there was silence everywhere.

The man and woman gathered the sword and shoes. They filled the jug with more water and left
the kingdom of crows, praying that a new gentler king would be found.

"Corta-lhe a cabeça!", gritou a mulher, agarrando rapidamente num cesto de cinza. "Nenhuma outra cabeça pode ser tão maligna."

E num golpe final, o homem cortou a cabeça ao Rei Corvo. Os outros corvos pararam de lançar as suas garras e os grasnares deixaram de se ouvir. De repente, o silêncio era absoluto.

O homem e a mulher pegaram na espada e nos sapatos. Encheram a jarra com mais água e deixaram o reino dos corvos, desejando que um dia se encontrasse um rei mais bondoso.